KB153171

슬픔을

말리다

실천시선
239

슬픔을 말리다

박승민

실천문학사

차례

제2부

제3부

제
1
부

그루터기

벼를 베어낸 논바닥이 누군가의 말년 같다

어느 나라의 차상위계층 안방 속 같다

겨울 내내 그루터기가 물고 있는 것은 살얼음 속의 푸르
던 날

이 세상 가장 아픈 급소는 자식새끼가 제 약점을 고스란
히 빼다 박을 때

그래서 봄이 오면 농부는 자기 생을 이식한 흉터를 무자
비하게 갈아엎고 논바닥에 푸른색 도배를 하는 것이다

등목을 하려고 수건으로 탁, 탁 등을 치는 순간 감쪽같이
그의 등판에 업혀 있는 그루터기들

봄과 봄 사이

한 사람이 떠났을 뿐인데
수평선 너머로 금니처럼 반짝, 했을 뿐인데
그를 생각하다가 만 서쪽 창으로
생생한 명함판사진 한 장 떨어지고 없다

피가 하얗던 한 여자가 졌을 뿐인데
운동장에 혼자 서 있는 이 기분
산의 아랫도리만 봄이었다가 겨울이었다가
몸의 내륙으로 이동하는 찬 저기압

잊는 힘과 잊지 않으려는 힘 사이에서
콧물과 프리지어 향기 사이에서
곧 눈물 마르고 향내 지워지리라
잊고 잊히는 일은 여기서 또 얼마나 잘 훈련된 관습인가

그러니 어느 동고서저(東高西低)의 기압골로 꽃 단청 오
를 때

화전 부치는 냄새 거기까지 요란할 때
네가 먼저 문병 와다오

이번 독감은 오래가는 고독에 가깝네

푸른 셈법

장가 못 간 후진 씨가 도지를 짓는 단호박들이 우리 집 경계를 넘어와 암은행나무를 자꾸 건드린다

건너 밭의 고구마줄기도 비탈면을 내려와 순실이네 땅에 순을 뻗는다 지난봄 순실이 아버지가 지게로 져 나른 거름을 먹어치운 잎들은 둥둥하다

적동댁 문패 앞에 붙은 호두나무는 언순네로, 언순네 포도는 적동댁 수돗가로 넘어가서 소유권이 불분명하다

넘어온 고구마순을 쳐내는 순실이 아버지의 입이 부어 있다

낫을 들어 담장으로 넘어온 호박순을 치려다 그만둔다

머위나 돌나물 미역취에서 방풍까지 푸른 것들은 자기 땅이 없다

뿌리나 가지를 뻗은 곳이 그들의 필지다 열매나 꽃을 피우는 모든 곳이 그들의 소유다

　경계면을 녹녹(綠綠)으로 훑으며 마당으로 들어서는 어린 돼지감자 떼의 종종걸음

살아 있는 구간

버릴 수 없는 것을 버릴 때 진짜 버리는 거다.

길은 끝이 있는 게 아니라 사람이 끝날 때 비로소 끝난다.

그 살아 있는 한 구간만을 우리는 뛸 뿐이다.

저의 몸이 연필심처럼 다 닳을 때까지 어떤 흔적을 써보
는 것인데

대답할 수 없는 질문을 부여받고 평생,

눈밭에서 제 냄새를 찾는 산 개처럼 킁킁거리다가

자기 차선과 남의 차선을 넘나들며 가는 것이다.

다음 주자에게 바통을 넘기기 전까지

가장 밑바닥에서부터 차올라오는 파도처럼

자기를 뒤집기 위해 자기 목을 조우지만,

눈밭에 새긴 수많은 필체 중 성한 문장은 없고

잘못 들어선 차선에서 핏덩어리로 뭉개지고 있는 몸.

쏟아붓는 백매(白梅)는 얼굴에 닿자마자 피투성이 홍매
(紅梅)로 얼어붙는다.

자신의 영정(影幀)을 피하듯 모두들 눈길 옆으로 붙지만

이 신랄한 현장이 현실이다.

살아 있는 것은 모두 사라지는 것이다.
그러므로 버릴 수 없는 것을 버릴 때까지
보석(寶石)이 아니라 보속(補贖)의 언덕에 닿기까지
남의 차선과 자기 차선을 혼동하며 가는 것이다.
유족도 없이 혼자 장지까지 가보는 것이다.

슬픔을 말리다

　이 체제下에서는 모두가 난민이다. 진도 수심에 거꾸로 박힌 무덤들을 보면 영해조차 거대한 유골안치소 같다. 숲 속에다가 슬픔을 말릴 1인용 건초창고라도 지어야 한다. 갈참나무나 노간주 사이에 통성기도라도 할 나무예배당을 찾아봐야겠다. 神마저도 무한 기도는 허락하지만 인간에게 두 발만을 주셨다. 한 발씩만 걸어오라고, 그렇게 천천히 걸어오는 동안 싸움을 말리듯 자신을 말리라고 눈물을 말리라고 두 걸음 이상은 허락하지 않으셨다. "말리다"와 "말리다" 사이에서 혼자 울어도 외롭지 않을 방을 한 평쯤 넓혀야 한다. 神은 질문만 허락하시고 끝내 답은 주지 않으신다. 대신에 풍경 하나만을 길 위에 펼쳐놓을 뿐이다.

　마을영감님이 한 짐 가득 생을 지고 팔에서 막 빠져나온 뼈 같은 지팡이를 짚고 비탈을 내려가신다. 지팡이가 배의 이물처럼 하늘 위로 솟았다가 다시 땅으로 꺼지기를 반복하는 저 단선의 봉분. 짐만 몇 번씩 길 밖으로 사라졌다가 다시 길 안으로 돌아와서는 간신히 몸이 된다. 짐이 몸으로

발효하는 사이가 칠순이다. "말리다"에서 "말리다"驛까지
가는데 수없이 내다 버린 필생의 가필이 있었던 것이다.

안계들판

벼들이 해가 지는 쪽으로 일제히 눈을 맞춘다
고개를 숙이고 숙여서 자신을 바닥의 눈금 쪽에다 눕힌다
수만 개의 삼베두건이 무한 경배로 일렁이는 시간

살아 있는 몸들은 다 자란 후에는 어디로 가는가
누군가를 베어 먹은 피 묻은 입조차 막판에는 또 어디로
가는가

지나온 몸의 시간을 묵주처럼 한 알씩 복기하는 자
혹은 최후를 수긍할 수 없어서 고개를 쳐든 자
기어코 자신을 옭아맨 결가부좌를 끝까지 풀지 않는 저
한 톨의 외로움까지!

벼들이 해가 뜨는 쪽으로 서서히 입을 맞춘다
고개를 숙이고 숙여서 마지막 발바닥에도 조금씩 물기
를 뺀다

멀리서 전조등을 켠 콤바인이 어둠의 새벽을 꾹꾹 누르
며 천천히 바퀴를 굴린다

밭이 아프다

숨이 오르막에 닿을 듯
명아주 지팡이가 근들근들
해뜨기 전에 언덕을 올라와서
돌밭에 쪼그려 한나절을 나던 파란 함석집 할머니

병이 나서 옆집 창창한 일흔 먹은 아재한테 땅을 부치라
했다 한다
　다시는 밭에 오지 못할 거라고 마을사람들의 얼굴이 오
동 그늘이다

　사람이 맥을 놓으니 땅도 시름에 빠진다
　채로 거른 듯 갈아놓은 흙들이 버석버석 낯가림을 하고
있다
　군데군데 심어놓은 쪽파들이 허리가 돌아간 채 여름 해
를 넘고 있다

　밭이 누웠으니 할머니의 병세가 더 급해진다

이칠곡 씨의 어버이날

우리 마을 칠곡 씨 책걸상은 물론 백묵 냄새도 못 맡았지만 못자리 글씨만은 반듯반듯 봄바람에 흘림체로 단정하지

이칠곡 씨 한 잔 술 걸치면 느린 말씨 더 느려져 그 옛날의 비둘기호로 가다 서다를 밤새도록 하지만, 새벽녘 고랑에 풀 베는 소리만은 사각사각 스—쓱 청산유수로 흐르지

쉰이 넘어서도 장가 못 간 칠곡 씨, 인사차 대처에서 온 자식들 손자들 마을회관에서 부어라 마셔라 금영노래방이 후끈후끈 달아오를 때 논둑에 혼자 앉아서 들어가지도 못하고 나가지도 못하네

오늘은 술 한 방울 적시지 않았는데도 찰랑찰랑한 논바닥에서 노을酒 한 사발이 올라와 흰 수염 몇 가닥에까지 홧, 홧 달아오르네

옛다, 물이나 먹어라

—서벽*

　서쪽의 벽지란 뜻이겠지.

　옛날에 문둥병자들이 사람들의 눈을 피해 이 깊은 산속까지 숨어들었다고 했지만 사실은 물이 환부를 불러들인 것. 바위가 수만 리를 내려가서 제 가슴으로 걸러낸 이 물맛은 무겁고 텁텁한 쇠맛이 일품. 물은 헐어진 손끝이나 뭉개진 발가락에 붙은 농(膿)이나 균(菌)을 눈이 먼 승(僧)이 경(經)을 읊듯 입속에 오래 물고 있었겠지. 그래도 불통(不通)이라 싶으면 몸속으로 불러들여 한바탕 소용돌이 물춤을 추기도 했겠지. 옛다, 물이나 먹어라! 눌러 붙은 입술이나 짝귀에게도 한 바가지씩 약물을 끼얹었겠지. 그런데 사실 이 말도 틀린 말! 백 년도 살아 본 적이 없는 자네는 수만 년의 세월을 걸어서 오는 물의 외로운 수압을 상상이나 해본 적이 있는가? 한겨울을 만폭동처럼 얼어서 자기 상처를 자기가 긁을 수 없는 적막강산은 또 무어란 말인가? 그러니 오히려 물의 우울증의 치유사는 진물이나 대상포진이나 발열계통. 그러니 이 약물의 분자식은 농(膿)과 균(菌)

24

의 결합. 나는 아직 물소리를 잘 헤아려 듣지 못해서 속병
에도 좋다는 이 약을 마셔도 잘 낫지를 않네. 한 두어 시간
마셨더니 혓바닥이 까슬까슬 목에서 자꾸 묵은 녹물이 나
올 듯하네.

---

* 경북 봉화군 춘양면에 있는 오지로 탄산약수가 유명하다.

봉달이 아재의 가뭄

유월 초사흘까지도 물 한 모금 변변히 삼킬 수 없던 어린
모들이 바싹 마른 발가락을 오그려 더운 흙을 꾹 쥐고 서
있다

동란도 막바지 무렵, 아비 없이 이 세상을 나와 쥐어짜도
나오지 않는 젖꼭지를 꼭꼭 물어뜯을 때, 아이구야! 아픈
것도 아픈 거지만 그만 가슴이 호미 날 부러지듯 콕 부러지
더라는 노모의 말을 돌아가시기 직전까지도 듣곤 했다

그도 그거지만
아비는 그래도 이리 메우고 저리 기워서 이날 이때까지
잘 살아왔다만
월 25만 원짜리 고시원에서 공무원이 되겠다고
밥값은 지가 알아서 할 터이니 걱정 말라고 한 지가 3년
요번 할아버지 제삿날에도 오지 않은 막내만 생각하면

마른 흙 위로 솔솔 기어 나오는 모 뿌리들을 보노라면

아무리 삽자루를 뒤집어도 떠먹일 젖 한 방울 변통할 데가 없구나

누런 난닝구 속에 들어붙은 젖꼭지가 오늘은 절로 뜨끔 뜨끔하구나

본의 아니게 씨

—한식날

닭이 목이 말라 죽어 나자빠져도
물 한 모금 까딱하기가 귀찮은 박평판 씨는
결혼까지는 언감생심이었다.
다섯 살 윗길, 과부 엄 씨가
'새서울여인숙'에서 자신을 낚기 전까지는

결혼까지는 마지못해 했다손 치더라도
아이까지는 정말 아니었다.
수세미처럼 축 늘어진 자신의 영물이
올챙이 수영을 거쳐 개다리, 송장영법을 거쳐
그렇게 잽싸게 그 문턱에 터치, 하리라고는
본의 아니게 1남 3녀씩이나

늘 누룩이 눈자위로 번져가는 박평판 씨는
늘그막에 관운이 온다는 소리에
한 귓구멍으로 듣고 두 콧구멍으로 흘린 바 있지만
마누라 엄 씨가 읍내에 낸 '진달래소주방'이

이태 건너 한 채씩 집을 지어 올리는 벽돌소리에
정말이지 본의 아니게 그 처녀보살의 말을 되짚어 보게
되었다.
관운이 재운으로 딱, 한 글자 틀렸음을

그가 죽던 날
평판 씨는 끝까지 이름 남기기를 사양했지만
부친이 이름을 지어준 관계로
박평판지묘(朴平板之墓)
마당가의 고욤나무처럼 쑥스럽게 제 이름을 펼쳐들고
본의 아니게 또 아들 딸 손자까지 불러서는 한 상 걸게
받아 넘기고 있다.

감나무사다리

감나무 가지를 잡고 있는 조롱박의 손
힘줄이 파랗다

쉰을 넘는다는 건
허공으로 난 사다리를 오르는 일

지상의 낯익은 온기들과 멀어져
바람과 구름의 낯선 사원을 지나
자기만의 별자리를 찾아 1인극 하듯 가는 것
진짜 우는 배우처럼 그 역(役)을 사는 것

흔들려도
잡아줄 손이 더 이상 옆에 없다는 사실

아득한 꼭대기에서부터
누군가의 발이 후들거리는지
밤부터 울고 있는지

어깨까지 내려오는
저릿한 통증

조롱박의 왼손이 감나무사다리를 잡고
장천(長天)의 푸른 밤을 혼자 넘고 있다

천공(天空)

스물두 살 때
폐에 구멍이 뚫리는 기흉을 앓은 적 있었지
웃으면 가슴이 바늘로 찔린 듯
그래서 웃음의 바깥으로만 떠돌던 시절

어찌어찌 불혹(不惑) 지나 천명(天命)을 알리라 하지만
내 몸 어딘가에는 아직도 반 뼘 바람구멍이 있는 듯

채우자마자 휙, 휘리리…… 풍선처럼 빠져나가는
천공이 숨어 사는 듯

늘 복대를 하고 깻단의 마른 몸 이쪽저쪽을 옮겨 놓으시는
음지마을 할매의 고쟁이에도 수숫단 흔드는 그런 숨은
바람이 살고 계신지

흙바닥이 거울인 양
경비 살러간 아들의 주름살도 보이고

중증장애 손녀도 보이고
오늘은 고구마줄기처럼 영감님도 딸려 나오시는지
고슬고슬한 흙의 법당 마루로 자꾸 고개를 숙이시는데

가끔은 고개 드는 것도 깜빡하시는데
삼배 삼백 배를 느릿느릿 채우고 내려가는 고샅길 너머

빨리 온 가을,
빨리 늙는 은행나무 빈속으로
한창 불붙은 맨드라미들 짙붉은 융단을 펼쳐들고
겹겹이 봉제 선을 야물게 틀어박고 있다

가을이 붉은 비와 만날 무렵

늙은 산수유가 살짝 붉어져서
제 마음 몇 톨 슬그머니 배롱 쪽으로 보내고

그 모습 멀리서 보던 상수리도 덩달아
도토리 한 알 톡, 청설모 쪽으로 밀고

식솔(食率)에서 멀어진 어린 고라니 하나
배추밭으로 무밭으로
겅〰충 겅〰충 마음만 바쁜데

먼 능선들 빗물에 차츰차츰 지워지고
너는 점점 더 크게 원 그으며 내 안으로 걸어오고

"어이쿠! 오늘은 빗님이 오시려나, 온 뼈마디에서 풍월을
읊네"

나는 옛 어른들의 말씀을 이제야 새기네

몸도 몸이지만 사실은 그것이 묵은 사랑이 신경통처럼 도져서

또 한 번씩 다녀가는 가락이라는 것을

막돌

막돌의 일생은 외전(外傳)에 가깝다. 풍검(風劍)에 스친 여러 획의 주름살은 세월의 자객을 피하지 않았다는 이력. 자신에게 할당된 어떤 사랑을 안고 쓰러졌다는 기표가 뒤통수에도 뚫려 있다. 가슴에 단 유일한 흑점은 누군가를 보내고도 잊지 않겠다는 자신만의 다짐. 문양(紋樣)을 지움으로써 몸체만으로 자신을 설명하려는 저 막돌의 빛나는 의지가 야전(野戰)의 별자리를 단전중심으로 모은다. 무문(無紋)으로 가기 위해 내부를 담뱃불로 지지듯 홀로 악무는 어떤 수양이 밤새도록 물소리를 물 밖으로 밀어낸다.

이별(離別)하는 평은강*

젊은 날의 지훈(芝薰)이 은사(銀絲) 모래밭으로「別離」를 읊으며 지나가고 차르르르 물살에 안길 때마다 더 환해지는 자갈의 흰 목, 깊고 서늘한 물그림자 밑으론 이끼와 물풀을 기르며 일가족을 부양하던 모래무지와 피라미들, 먼 언덕의 쑥부쟁이와 구절초와 갈대의 유채색 합창(合唱), 어둔 밤이면 더 빛나던 별빛과 불빛이 원래는 한 주민이었다.

언제부턴가 인간은 더 많은 것을 갖기 위해 강의 목에 담장을 쌓았다.

재응 어른도 끝내는 보상금으로 아파트로 갔고 겨울이 오기 전에 자신도 떠나야 하는 것은 아닌지, 강은 무너진 돌담길을 그믐달처럼 찬찬히 몇 바퀴째 돌고만 있는 것이다.

---

* 평은강변 "무섬마을"은 시인 조지훈의 처갓집이 있는 동네로 그의 시 「別離」가 여기에서 나왔다.

제
2
부

묘묘채색도

나는 노르스름한 봄바람을 옮겨 적으려 하였으나 보는 순간, 반대편 개나리꽃 덤불 위로 개개비처럼 날아가 버렸다. 팔월에는 성근 모 옆구리에 만발한 개구리의 등 위로 쏟아지는 소나기를 묘사하였으나 등에 박힌 푸른 멍만을 확인하는 데 그쳤다. 어느 해 시월에는 단풍나무 그늘 아래에서 붉음에서 더 붉음으로 이전하는 명도와 채도를 따라가 보았으나 붓을 대는 순간 달라지는 운기생동의 색기(色氣)를 따라잡지 못하여 붓끝만 떨다가 그만두었다. 그러므로 나의 생(生)은 손가락 끝으로 벼루에 마음 심(心) 자를 수없이 새겨보는 일. 가끔은 푸른 하늘 사이로 자유자재로 유영하는 구름유빙을 망연자실, 배웅하는 일. 그러다가 이리저리 자구(字句)를 맞추어 시랍시고 써보다가 발가락조차 안 닮은 제 자식을 화끈거리는 얼굴로 되묻듯 몇 번씩 다시 두드렸다 폈다 해보는 일.

고라니에게 몸살을 옮다

메밀밭이 있던 눈밭에서 고라니가 운다.
희미한 비음이 눈보라에 밤새도록 쓸려온다.

나는 자는 척 베개에 목을 괴고 누웠지만
다시 몸을 뒤척여 민물새우처럼 등을 구부려 돌아누워
보지만
눈바람에 실려오는 울음소리가 달팽이관을 자꾸 건드린다.
바람소리와 울음소리가 비벼진 두 소리를 떼어내 보느
라 눈알을 말똥거린다.

눈밭에 묻힌 발이 내게 건너오는지 흘러내리는 찬 콧물
이 옮겨오는지 머리가 지끈거리고 코가 맹맹하고 팔다리
가 자꾸 쑤신다.

어떤 생각만으로도 몸살은 오는지
몸살은 몸속의 한기를 내보내서 몸을 살리라는 뜻인데
나도 모르는 어떤 응달이 아직 살고 있는지 귀를 쫑긋한다.

아내에게는 고라니에게 몸살을 옮았다는 말은 차마 하지 못하고 혼자 약 지으러간다.

조기(弔旗)를 피우다

　기대지 않겠습니다. 기대하지 않겠습니다. 저는 저를 파먹겠습니다. 꼬리를 말려서 한 일주일, 허파를 뒤집어서 또 삼사일, 사계절이 겨울인데 어쩌겠습니까. 이미 던져진 몸 방법 없습니다. 우선 외부를 밀봉한 채 부어오른 간을 삶아 심장을 살리겠습니다. 아랫배에 남은 살점을 옮겨 혈색을 올리고 꽃놀이 한번 해볼랍니다. 여기를 죽이고 저기를 살리겠습니다. 저기를 포기하고 이쪽으로 기겠습니다. 꽃대가 출렁일 때쯤이면 아랫도리가 상이군인의 다리처럼 다소 헐렁하겠지요. 노릇노릇 머리카락이 제법 손수건처럼 날리는 날이면 복수 찬 배 푹 꺼지고 복수심만 남겠지만 이 복수의 왼손을 누구한테 양도하지는 않겠습니다. 제 방식대로 몸에다 긋고 간 성냥자국만이 제 이력의 전부겠지요. 물론 모든 죽음은 자살이라는 경전을 믿진 않지만 살아보니 위선보다는 위악이 더 인간적인 것 같습니다. 적어도 위악 앞에서는 섣부른 희망 따위를 품진 않죠. 제가 드리는 최초의 문어체다운 구어체였습니다. 아! 드디어 체액에도 갈수기가 오는군요. 정신이 몸을 버리는 중입니다. 몸이 정신을 버렸던가요. 몸에 폭탄을 두르고 메카를 향해 누군가 다음 순서를 기다리고 있습니다. 이슬람 소녀전사 같습니다만 저녁 짓는 연기가…… 아! 호흡이……

　구겨진 군화 같은 빈 몸에서 흰 무꽃 꼿꼿하게 펄럭인다.
　배추흰나비 ～～날아와 ～～날아와 ～～ 간신히 멈춰선 화약 냄새 위의 봄날

몸을 마중 나온 꽃가루같이

일주일을 못 넘긴 이 꽃가루는
몸을 마중 나온 뼛가루 같다.

내부를 열람하기 위해 외부를 밀봉하듯
땅의 관 속에 마음을 밀어 넣고 더 축축해져야 한다.
덜 썩으면 악취가 나지만
완전히 썩으면 향기가 되기도 한다더군.
자기도 모르게 튀어나오는 탄식을 뿌리로 누를 줄 아는
탄력을 나는 삶의 기술이라고 부른다.

몸이 더 먼 오지로 하방(下放)해서 한 살림 차릴 때
뛰쳐나가려는 마음과 눌러 삭히려는 몸이
땅 위로 들썩할 때

그때 혹시
단단하게 심어둔 어둠뭉치에서
자기 신음이 갈래갈래 터져 꽃으로 피는지도 몰라

그뿐

꽃잎이 한 일주일 유랑하다 쓸쓸해진다.
어깨에 바수어진 뼛가루를 털며 가족사진 한 장씩 박고
모두들 이 세상 프레임 밖으로 각자 헤어진다.

명호강의 자갈

뼈들의 고분군

화장장에서 갓 구워낸

흰 치아, 흰 목, 흰 다리, 흰 손등과 발등

간간이 물살에 씻기지만 그때조차도 평상(平常)의 자세
를 바꾸지 않는

저 태평 미소

성탄 전날, 오후 2시의 해는 따뜻한 남방(南方)

차가운 이마를 햇살의 창(窓)에 얹고 이 세상 더는 부러
울 것도 없다는 표정으로
도란도란 볕을 쬐네

죽음은 또 다른 몸으로의 입주(入住)

어떤 늙은 뼈들은 홀연히 일어나서 처음 보는 시간 속으
로 흘러간다

고아나무

나는 곧 고아가 되리라
무자식 상팔자는 이미 이룬 몸

나무는 나면서부터 이산가족이다

비탈면이 물고 있는 바위에 기대어
팔짱을 끼듯 마을을 내려다보는,
가끔은 매의 눈으로 동선을 주시하지만
가타부타 한 마디 표정도 없이
다른 무늬의 밑그림처럼 살아온

꼭 그런 나무가 있다

겨울이 오기 전에 한발 먼저 알몸이 되는
공복이 겨울을 넘는 가장 단단한 식욕임을 본능으로 아는

등걸이 나간 나무가

그의 외로움에 먼저 살을 기대지만,
몸을 틀어 그 무게마저 털어내는
자기 마음을 자기 심에만 박을 수밖에 없었던

문득 낯선 자신이 옆에 서 있다

닭장 문을 열다

배고픔이 철망을 뚫었다
암탉 두 마리가 쓰러져 있다
한 마리는 뜯다 말았다

닭 한 마리 먹은 죄로
수리부엉이는 밤새도록 유치장에서 뜬눈으로 새웠다
날개깃에 부리를 묻고 구석에 물러나 있었다
꼬챙이로 찔러도 반항하는 기색이 없다

저놈을 어떻게 할까
판결문을 읽어 내려가다가

배가 부른데도 발톱을 갈고 있는 어떤 표정이 떠올랐다
아직 태어나지도 않은 아이의 포만을 위해
손톱에 칼날을 세우는 인간의 사랑을 생각했다
절박함도 생계형도 아닌 희멀끔한 화장술을 기억한다

문을 열자 몇 번 주춤하더니 숲으로 날아가고 있었다
그 후로 한 번도 수리부엉이는 닭장을 찾지 않았다

쌍계사를 떠나는 거북이

게릴라성 호우가 밀물처럼 절 마당에 들어온다
좌계(左溪)와 우계(右溪)가 용틀임치는 계곡으로 나 이제
떠나고 싶네
　살아서 지은 죄
　한 천 년쯤 선사*를 등에 태우고
　한 발짝도 산문(山門)을 나가지 않았으면
　그만 탕감되지 않았겠는가

　물위를 떠가는 하동 둥둥 10리 벚꽃 길
　지나고 지나서 섬진강변 매화마을 마저 지나서
　남해의 미조항까지 흘러가야겠네

　서해와 남해의 파도가 만나고 헤어지는 그 어디쯤에
　깎아지른 12폭 병풍 같은 노을은 없어도
　등 하나는 따뜻하게 가릴 수 있는 조선소나무나 한 수 거
느리고
　나, 다시 한 천 년쯤 그 무엇도 아닌 채

부표처럼 떠다니고 싶네

여기도 아니다 싶으면 네발로 어설프게 헤엄쳐
머나먼 쪽빛 속으로 그냥 가라앉았으면 좋겠네
수만 리 심해의 산호초 옆에 바윗돌 하나로 비스듬히 누워
벌겋게 물들어오는 오색단풍이나 구경하다가
그러다가 더 쓸쓸해지면 낮잠처럼 고요히 숨을 놓겠네

* 선사는 진감선사(眞鑑禪師, 774~850)를 말하며 그는 통일신라 후기의 유
명한 고승으로 귀부에 세운 탑비에는 고운 최치원이 지은 비문이 있다.

55

목련의 긴 목 그림자만 남아서

책장을 펼치면 목련꽃이 미색 모조지로 피어 있습니다.

아! 산수유 꽃가루들도 어느새 날아와 한 페이지 한 페이지씩 점등하는 노란 가로등 길입니다.

어느 대목에서부터인가는 벚꽃 활자가 계곡처럼 빼곡히 막아서고

긴 강물과 먼 성곽으로의 산책과 색상지처럼 물들던 저녁의 웃음소리를 물고 당신은 방금 이 책의 마당 안으로 성큼성큼 그날처럼 들어서고

당신을 닮아서 넘길 때마다 이야기가 조금씩 새로워지는 환한 밤, 당신의 녹색 나무대문 그 집 앞까지는 너무 짧은 봄날이었습니다.

그러나 앞장에서부터 뒷장으로 후르르 넘기면 지난날의

가벼운 포옹과 안녕하지 못한 몇 장의 마른 꽃잎들이 책갈피에서 두 줄 세 줄 단문처럼 떨어지고 입속으로는 뒤끝 강한 단맛 쓴맛들이 오래 떠다닙니다.

　책장을 덮으면 어느새 성문은 닫히고 꽃등은 꺼지고 두건을 벗은 목련의 긴 목 그림자만 남아서 바닥을 여러 날째 뒤척이는

　아직도 안녕하지 못한 봄밤입니다.

그늘의 노년(老年)

그늘은 평생 동안 자신을 벗어난 적이 없다.
누구를 위해서 무엇이 되겠다는 버거운 마음도 애초에
없었다.

누군가 그늘의 넓이를 탓하며 허벅지를 발로 차기도 했
지만
누군가 그늘의 깊이를 탓하며 말뚝을 박기도 했지만
그는 삶이 원래 그러하다고만 생각했다.

세상이 던진
수십 쌈의 바늘 같은 말을 듣고 집에 와서 누운 날

우우우 우우우
그늘이 자기의 몸을 필사적으로 비틀며
한 두어 시간, 크게 우는 소리가 들리는 것 같기도 했다.

그러나 알 수 없는 일이다.

아침이면 그는 또 잘 마른 햇빛 한 장을 누군가에게 내민 채

마당 끝에서 골똘히 혼자 깊어만 가고 있었다.

12월의 의식(儀式)

―다시 명호강에서

시집(詩集)을 강물로 돌려보낸다.

봉화군 명호면, 너와 자주 가던 가게에서 산
과자 몇 봉지 콜라 한 캔이 오늘의 제수용품(祭需用品)

오랜 바람에 시달린 노끈처럼
이 세월과 저 세월을,
간신히 잡고 있는 너의 손을,
이젠 놓아도 주고 싶지만

나는 살아 있어서
가끔은 죽어 있기도 해서

아주 추운 날은 죽은 자를 불러내기 좋은 날

"잘 지냈니?"
"넌 여전히 아홉 살이네!"

과묵했던 나의 버릇은 10년 전이나 마찬가지여서

다만 시를 찢은 종이에 과자를 싸서

강물 위로 90페이지째 흘려만 보내고 있다.

담배 향(香)이 빠르게 청량산 구름그늘 쪽으로 사라진다.

아무리 시가 허풍인 시대지만

그래도 1할쯤은 아빠의 맨살이 담겨 있지 않겠니?

이 나라는 곳곳이 울증이어서

네 곁이 편하겠다 싶기도 하고

히말라야나 그런 먼 나라의 산간오지에서나 살까, 궁리

도 해봤지만

아직 너를 빠져나오지 못하고 있다.

그래서 작년처럼 너의 물 운동장을 구경만 한다.

손가락 사이로 자꾸만 빠져나가는 뜨거운 살들이 얼음
밑으로 하굣길의 아이들처럼 발랄하게 흘러만 간다.

우수(雨水)의 사랑

—유빙(遊氷)

　이것이 서빙고처럼 녹지 않는 사랑이라면 이젠 헤어지
기 싫어 서로 등을 결박해버린 것이다. 아니 까마득한 시간
을 흘러와 더 아득한 시간 속으로 떠나기 전 마지막으로 각
자의 뜨거운 심장을 반반씩 이식하는 중이다.

　빗줄기가 굵어질수록 결속의 밧줄은 점점 더 헐거워져
물컹한 흰 등 위로 만조의 해변처럼 물이 차오를 때, 두 몸
뚱어리는 초읽기에 몰리는 자석처럼 격하게 또 한 번 서로
를 껴안는다. 모든 사랑의 발자국은 네가 가는 반대쪽. 바
람이 등 떠미는 속도로 이제 너는 가고 허리에 묶은 끈마저
도 서서히 풀릴 때, 풀리면서도 혀끝이 처음의 맛을 각인하
겠다는 듯 다시 한 번 격렬하게 한 몸으로 떤다.

　이미 어느 팔과 입술은 서로 섞여서 하구의 다리 밑으로
쓸려가고 있다.

허무마을

마음이 잿더미처럼 푸석거리며 내릴 때
솜이불처럼 와서 곁에 눕는 말

허무—

아내가 대야에 받아둔
물처럼 따뜻한

포근한
말의 잠

모든 걸 놓아버린
임종의 말

먼 눈발 사이로 성당의 종소리
허무허무허무허무허무
반짝이듯 눈송이처럼 무허가에 내리고

오늘은
박허무 김허무 하허무가 되어
머리에 쌓인 하루를 털며
초인종 누르고

허무한 아이들
와락, 목탄처럼 껴안고

눈 덮인 연통 위로
허무
허무
허무가 벌겋게 달아오르고

생강나무순에 쌓인 눈
철퍼덕
허무하게 땅에 이마 찧고

되돌아오는 것들

누런 설탕에 쟁여둔
산복숭아

체액을 자꾸 밖으로 게워낸다

마지막 병상에서는 너도
물 한 모금도 거절했지

복숭아뼈를 간신히 감싼 거죽만 남은 달이
붕
떠 있다

　살을 고스란히 받아낸 노르스름한 당(糖)은 너의 일생을
농축한 습(濕)이었다고 화장장, 뼈를 태우고 구름 위로 노
래하듯 풀려나가는 저 연기는 새로 받은 몸의 어떤 형상일
지도 모르겠다고 말하려고 하는데

옛 얼굴은 멀리 후생(後生)까지 밀려갔다 가는 이따금씩, 끊은 담배 한 대의 간절함으로 기어코 되돌아오고야 마는 데……

비린 외로움이 몰려든다

목뼈가 너무 아파서 고개를 들 수 없을 때 발바닥의 종기는 안 아픈 것도 아니고 덜 아픈 것도 아닌 채 더 큰 통증 속으로 끌려가 버린다.

치앙라이는 무덤보다 불상이 많은 곳. 호텔 앞에서 공복에 담배를 나눠 피운 중국여자는 금불(金佛) 앞에서 한 번, 돌고 돌아 등신불 앞에서 또 한 번, 만났지만 정작 부처는 만나지 못했다. 배낭에 끌려 어시장 쪽으로 갔을 때 메콩강에서 건져온 잉어들이 아가미를 바닥에 긁으며 문턱으로 기어갔고 주인을 닮은 사천왕은 녹슨 칼로 고통의 맥락을 끊어놓고 있었다. 나는 카메라 렌즈처럼 한참을 멀리서 구경했다. 금물을 방금 끼얹은 듯 백 개의 웃음이 천 개의 비늘들이 좌대 위에서 살아 있는 듯 평화로웠다.

　—지는 해의 아픔과 뜨는 달의 슬픔 중 어느 것이 더 깊습니까?

그제야 알아낸 듯 잉어족처럼 아가미를 한번 쩍 벌려본
다. 목뼈 대신 서자처럼 떠돌던 냉골들을 생각한다. 전기를
쏘듯 발바닥의 통증들이 다시 살아온다. 자기를 주장할 수
없어서 더 컸던 비린 외로움들이 강을 건너 하지정맥으로
몰려든다. 생각에서 버려졌던 생각들을 더 문지르자 통증
에서 올려 보낸 통풍으로 목뼈가 한결 부드러워진다. 코끼
리 귀를 가진 남방식물들이 이쪽저쪽으로 물파스 같은 바
람을 슬렁슬렁 보태고 있었다.

제
3
부

늪

　수몰된 동네가 잘 내려다보이는 등성이에 집을 짓고 인
동 장씨 수덕 어른은 새벽부터 물속바라기다. 바우실 밭으
로 난 고샅길과 한창 익기 시작한 마당가의 고욤나무와 푸
르르 놀라 암꿩처럼 몸 뒤트는 안골 벼들의 몸살이 손금처
럼 훤하다. 장화를 신고 구형분무기를 들었다 놓았다 하며
오전 내내 안절부절못한다. 3일에 한 번씩 오는 방문요양
보호사도 오늘은 쉬는 날. 뱀이 늪을 떠나지 못하는 개구리
를 한 마리씩 물고 농약거품이 마르고 있는 숲으로 허옇게
사라진다. 정신이 들었을 땐 마을은 온데간데없고 녹색 물
바다가 낯선 손자처럼 우뚝하다.

자작나무 목탑

시베리아산(産) 눈보라가
두루마리 화장지로 감긴 듯

흰 통뼈들

안팎이
곧고
강강(剛剛)한
동일문체

높고
세찬
북방한계선 너머로
뼈와 뼛조각만으로 쌓아올린 탑

바람의 강도와 몸무게의 하중 사이에서
무자비하게 자기 몸을 쳐내는

수만 개의 눈보라 잎사귀들
계곡 밑으로 자진(自進)하는

먼,
떨리는,
난생처음을 찾아가는
직립으로 써 올라가는
저 희디흰 언어(言語)의 사원(寺院)

반은 붉고 반은 어둡고

서해 노을 염전 속으로 소금 장작이 탈 때

불기운이 바다와 하늘을 다 태우고도 남을 때

아마타불의 극락전이 저 정도는 되어야지

잠시 한눈팔 때

짓자 말자 사라지는 전각,

잠시 보여주고 사라지는 저 노련함은

근력을 재생산하기 위한

자본주의적 허상인가

내세의 실상인가

재와 소금기만 남은 폐사지를

늙은 염부가 돌돌 구루마 위에 쓸어 담는다

소금 자루가 탑처럼 자꾸 기우뚱한다

달은 반은 붉고 아직 반은 그슬렸다

305호 그 여자

녹이 번진 배관을 타고
아침마다 여자는 변기통에 하혈을 한다.
자주 부정맥을 앓는 형광등이
20년째 뿌리를 못 뻗는 벽지의 장미를 느리게 쳐다보는
오후

오늘은 아파트 도색을 하는 날

기초화장 색조화장을 거쳐 붉은 볼터치로 화색을 살린다.
눈 밑의 어둠은 아이섀도로 살구 빛을 그려 넣고
분홍색 립글로스로 입술에 마지막 동 호수를 칠한다.

영구임대아파트 한 채가 국립암센터를 향해 오랜만에
외출을 한다.

청계낙타

수건을 목에 걸친 단봉낙타가 청계천에서 한 짐 가득 포
목을 싣고 열선이 한창 달구어진 노란 형광차선 쪽으로 자
꾸 뒷걸음쳐서 앞으로 오고 있다. 평생을 누르는 이 짐은
나의 것인가 상인(商人)의 것인가? 눈곱이 물러져서 오늘은
온통 벽들이 흐물흐물 구겨지고 질문만 갈고리처럼 옆구
리에서 뜨겁다.

세계화운동

중국산 미세먼지가 날아온 날

떼강도 복장을 한 adidas NORTH FACE NIKE K2……가 대와 오를 맞춘 채 바이칼 호수의 한랭전선을 뚫고 허공의 아령을 어깨 높이로 들었다 놓았다 하면서 경보선수처럼 둔치를 돈다

오늘 저녁은 순 우리밀 유기농으로 차릴 것을 다짐하면서 둘째 놈 영어학원을 각자 탐문하면서

좀 늦었다 싶은 귀가

해 지기 전, 버드나무 그늘 밑으로 어감들이 몰려온다 물
속의 마당으로 홍화 물들인 붉은 눈들이 먼 여행에 지친 가
방끈을 풀어놓는다 여기저기에서 허공에 차려진 집밥을
먹어치우듯 뛰어오르는 입들, 리듬처럼 떨어지는 물방울의
긴 꼬리

겨울 동안 읽은 시 200편이 이제야 편편히 본심으로 돌
아오는 시간

걸은 내 손등을 입으로 툭툭 쳐보다가 한 바퀴 둘러도 보
다가 마음을 돌려세워 생강나무 가지 위로 올라가는 작은
입들

좀 이르다 싶은 봄날에 새로운 생각들을 뱉느라 바쁜 잎
들의 귀가

옥룡설산의 선묘(善妙)*

새벽의 리장 고성(古城)

관광객들은 오리털 속으로
오리처럼 목을 넣는데

어린 라마승은 맨발
황토색 승복이 습자지처럼 얇은

어린 라마승은 처녀
목덜미에 하얀 털이 부르르 떠는

눈(目)은 뻗은 직선
설산(雪山)의 옥빛 용(龍) 쪽으로만 하염없는데

만년(萬年) 동안 눈 맞는 자기의 전생(前生)까지는
여기서 또 해발 5,500미터

어금니 꽉 문 암말 하나가

경전 대신 골법용필(骨法用筆)로 발굽을 꺾으며

차마고도의 눈 속을 독파하고 있다

---

* 당(唐)의 처녀 선묘(善妙)는 유학중인 신라의 승(僧) 의상을 연모했지만
실연하자 용으로 변했다 함.

지음(知音)

밤새도록 쫓기는 꿈을 꾸었으니
아직 완창은 힘들겠다

얼음 밑으로 흐르는 개울물 소리는
뒷물에 밀려 쫓기는 거친 호흡이 아니었다

여러 물에 휩쓸려
자신의 소리를 놓친 묵음도 아니었다

제 마음을 다른 마음에 맞추듯
줄줄이 흐르는 소리의 결이 흐트러지지 않게
소리 소문 없이 제 가락을 스리슬쩍 밀어 넣는

튀어나온 자갈이 마음을 칠 때에도
끙, 하는 신음을 화음으로 바꿀 줄 아는

맑고

경쾌한

물소리를 따라나선 귀가 귀가를 놓쳐버린 겨울골짜기

너무 긴 가방끈

1년을 열두 달이라고 가르친 곳은 학교였다

덕분에 나는 1년이 열세 달이 될 수도 있고 열네 달이 될
수도 있고 심지어 삼백예순 달이 될 수도 있다는 상상은 하
지 못하였다

조부와 아버지로부터 시작해서 8촌 이내의 혈족과 4촌
이내의 인척을 친족이라고 배웠다 싸우지 말고 우애 깊게
지내라는 말은 찬란한 유문(儒門)

덕분에 나는 멀리 있는 것은 남으로 알았고 더 멀리 사는
찔레나무나 오얏나무…… 그 밑에 이리저리 매여져 있는
염소나 닭은 개가 달 쳐다보듯 했다 여름에는 옻을 넣은 백
숙을 예사로 먹기도 했다

그는 스무 살이 넘어서까지 자본주의만 믿었다 북극성
이 있으면 남십자성도 있다는 것은 알았지만 더러는 사회

주의도 자본주의도 아닌 주의도 있고 그 둘을 다 포함하는
어떤 주의도 있다는 것을 까마득하게 몰랐다

사실은 주의를 알기 위해 그렇게 주의를 의식하면서 주
의를 주의하지 않아도 되었는데 관계당국은 왜 그렇게 주
의를 기울였을까?

천 마디의 말이 단 한 줄의 문장이 될 수도 있고 한 단어
를 마른 미역줄기처럼 미지근한 물에 한 사나흘 푹 우려내
면 만 개의 문장으로 부풀어 오른다는 사실도 근래에야 깨
달았다

문득 이상하여 평생을 메고 다닌 가방끈을 살펴보니 마
른 나뭇잎 몇 장이 쓸쓸하게 걸려 있었다

불

앙코르와트의 관음보살이 야자나무 상공에서 입술을 다 복이 물고 구름웃음 삼매경이다.

크메르인 소녀가 마른 뼈를 흔들며 원 달러! 원 달러! 먹지 같은 손바닥을 펴 보인다. 바닥이 생활밑천인 그 애의 흑단 눈망울이 내 주머니 속의 원 달러를 불경(佛經)인 양 간절하게 읊고 있다. 두 손을 모은 저 애절함이 불(佛)에서 불(弗)로 개종한 것인지에 대해서는 가이드에게 물어보지 못했다. 고무나무에서 생고무 타는 냄새가 익어가는 저녁, 구부러진 뒷발 하나가 건기의 붉은 흙먼지 속을 파리처럼 날아서 또 다른 불에 옮겨 붙는다.

풀

흔들리지 않은 적이 없던 풀은 고요를 한번 모셔오는 일.

　바람의 풍향계를 따라 사방에서 번져오는 고요를 가늠해보는 일은 공백에다 집을 짓는 일. 비워야지, 하는 순간 채워지는 비만의 고집창고. 바늘 하나 들어가지 않는 허공의 암반을 뚫어야만 만나는 고요는 아주 먼 이국(異國). 바람은 언제나 자기중심에서 먼저 불고 가장 늦게 소멸한다. 날던 벌이 허공의 급소를 찌르고 허공으로 화(化)하는 그 요령부득은 언제 오는가? 날개의 한 축이 향기의 계곡에 휘지 않고 춤추듯 솟구치는 저 등등(騰騰)은 언제 오는가?

　3류 검투사는 칼날을 처음부터 다시 들어 올린다. 바람 속에서 흔들리던 자신의 푸른 거웃을 탱탱하게 겨누면서.

대구경북

같은 색을 펼쳐든 카드섹션 팀 같다.
단일 컬러는 공수(攻守)가 가장 간결한 킬러다.

외방(外方)에서 날아오는 야유를
맞으며 맞아주며 쩔쩔매며
우는 듯 웃는 듯
하회탈 같은 면모
면목 없음

도계(道界) 전체가 위리안치지 같은 이곳에서
일부 가해자는 모든 피해자를 양산하지만
증말이지, 나도 피해자야!
핏대를 세울 수도 없는

이 군벌계통의 족벌들이 남기고 간
제철소에서 공단에서 얻어먹고 얻어맞으면서
밥벌이 한 죄

궁극적으로는 그들처럼
되고 싶어 한 죄
아니 그들인 것처럼
착각한 죄

가장 넓지만 가장 좁은 이 나와바리는
더 이상 진도가 나가지 않는다.
집성촌에서 제일 중요한 덕목은 연치(年齒)와 문중(門中)
의 계보이다.

역 앞 분식집에서 면발을 들어 올리는데
철도파업현장을 보면서
"뱃돼지가 불러서 저 지랄들을 함"
이라고 한 말씀 남기고
철가방은 단단히 화가 나 부릉거리는 오토바이에 매달려
붉은 신호등 속으로 광속구처럼 날아간다.

꽃 지옥

—4월, 광화문광장

1년 전의 배가 유품처럼 버려져 있다.

비 듣는 천막 속으로 대가족이 살고 있다.

속으로 틀어막던 눈물이
한 겹 투명 비닐 수의(壽衣) 위에서
맹골의 빗물과 함께 무너지고

그러니깐 짠물과 민물이 뒤엉켜서 서로 달래는 밤비소
리 광장의 육체가 바다의 운동화나 체육복 뒷면의 이름들
을 소리 없이 소리 없이 불렀으나 더 크게 요동치는 곡(哭)
소리 소리의 무게에 눌려 깜짝깜짝 중심을 잃는 일가족들

광장의 그리움이 바다의 그리움으로 넘어가서 바다의
저 세상이 광장의 이 문턱까지 살아와서 어두워지면서 더
번들거리는 망망대로(茫茫大路)의 물 주름 위로 덜 아문 살
을 찢으며 노랗게 샛노랗게 떠는 배들, 후진하듯 방금 진

대궁 난간에서 무차별로 다시 피는 기억의 꽃, 꽃 지옥들

진짜로 후진해서 가버린 여의도축제장에는 머리에 벚꽃을 단 신발들이 빽빽하다.

아카시와 더덕 냄새

아카시에서 더덕 냄새가 난다.

가시 많은 한 남자를 붕대처럼 감고 가는 넝쿨

아무리 많은 가시도 그녀의 심장만은 피해가네

헤어지기에 실패한 부부처럼

온몸의 흰 가시가 날이 서면서 뿜어 올리는 더덕 냄새

쏟아내면서 잡내를 반경 5리(五里) 그림자 밖으로 자꾸
밀어낸다.

골병처럼 박혀 있던 압정들이 잠시잠깐 꽃잎으로 하르
르 날리기도 했다.

가랑비연대

가는 면발처럼 내리는 저 가랑비
개별적 물방울들의 조합
수많은 볼트와 너트로 서로를 연결하지
누군가의 두려움은 스패너로 약간 더 풀어주고
지나친 낙관은 꽉 조여주지
뒷사람은 앞사람의 어깨를 잡고
기어처럼 맞물려서 수만 가닥 한 몸으로 내려오지

사실은 구름 위에서
이 마음을 저 마음에 한 다발로 묶을 수 있다는 거
내 몸을 네 몸에 완전히 맡길 수 있다는 거
저 세련된 낙하술(落下術)은 일찍이 인간이 한 번도 성공
하지 못한 시스템

투명한 시스템창호 위로 수많은 실개천들 돋아나고
물방울들, 흩어져서는 각자 제 갈 길로 간다

제
4
부

어금니

국산 한 50년이면 오래 쓴 거라고 했다

　결정적인 고비마다 어금니만 물고 살았으니 제일 먼저
탈이 나는 것도 당연

　이때까지 거치른 북어대가리나 담배연기만 물렸으니 뿌
리가 어디로 다리를 뻗을 수 있었겠는가 골을 흔들며 뽑아
낸 자리가 밥알 서너 개는 들어갈 듯 옴폭하다 속을 다 긁
어내고도 잔뜩 웅크린 저 굴이 그동안 내 슬픔을 견디게 해
준 밑돌이 박혀 있던 자리 고름처럼 익어가던 아픔만 편자
처럼 때려 박던 내 젊은 날의 골방

　이젠 물 어금니도 없으니 저 빈속의 힘만으로 살아가리
라 혀끝으로 썩은 뿌리가 서 있던 그 옛날들 가끔 더듬어도
보면서

독방

엄마는 이제 혼자 눕지 못한다
눈물조차 알약처럼 고여서 남의 손을 빌린다

건기의 하천처럼 뇌혈관의 부옇게 말라 있는 엑스레이
지나왔던 모든 행상의 길목들이 사라지고 없다

간병사가 "이 분이 누구세요? 할머니!" 물으면
"마 막 내 아 들"

이쪽으로 기울어지는 저 낯선 뼈의 모음들

삶은 결국 미안함으로 시작해서 미안함으로 끝난다
마음만 보내고 끝내 마음만 받는 것이다

눈 덮인 화단에서 담뱃불로 붉은 열매를 피웠다 지웠다
하는 사이
보도블록 속의 눈물을 발로 눌렀다 뱉었다 하는 사이

봉해놓은 마지막 수문(水門)이 줄줄 새고 있을 것이다

갯바위처럼 웅크려서 혼자 말려야 할 소금기가 더 남아 있는 것이다

사는 내내 잊었던 자기 엄마를 찾아 망설이듯 가고 있을 지도 모를 일이다

단풍나무

섬뜩하게 붉은

살점들이 날것으로 말라간다.

나무는 1년에 한 번씩 무(無)가 되는 것

어렵게 모아둔 적금통장을 깨고

빈 잔고의 몸이 되는 것

척추에 붙어 있는

막힌 혈관만 찬바람 속에 한 석 달 정도 넣어두는 것

연두의 마음이 눈처럼 녹아서 올 때까지

너무 많이 가졌던 지난날에 대해

미안해하면서

미안한 마음이 너무 붉어버린 것

너구리바람이 잘 마른 베이컨 한 점씩 물고

겨울골짜기로 빠르게 사라진다.

말을 굽기다

말들이 창자 깊은 곳에서 울음처럼 날아갔으나
방음벽에 막혀 공중에서 얼어붙는다.
광화문에서는 화살처럼 툭, 부러진다.

들어야 할 사람이 듣지 않은 말들이
침묵의 눈(雪)으로 천막 위로 회군한다.
슬픔에도 내성이 쌓여가는
12월의 광장 막사

말은 허약했으므로

간다.
숫돌의 강건체에 얹어
퍼런 달빛 속에서 이리저리 날을 벼린다.
자음과 모음이 꽉 물리게 빈틈없이 의미를 건다.

왜 말은 거기까지 닿지 않는가?

둔탁한 말들은 수십 번 망치질로 문맥을 펴고
너무 얇은 말은 내용이 없으므로
쇳물을 한 줌 더 끼얹는다.
말은 무색이지만 말에 덧씌워진 빨간색을 뺀다.

말을 굵기고 말을 뒤집고 말을 협상하고 말을 다그치고
말을 수배하고 말을 풀어주고 말을 다시 대질심문하고 말
의 뼈대를 분석하고 말의 출처를 낮추고 높이고

귀는 왜 말을 작동하지 않는가?

새벽하늘의 멍 자위를 뚫고 돌아온 슬픔들이
돼지기름처럼 또다시 천막 위로 떨어진다.
하얗게 하얗게 종루에서 부서진다.

붉은 육손이

—도계에서

강바닥의 돌들이 무연탄을 닮아 하루도 맑은 날이 없었다.

그 강물 위로 생활을 너무 일찍 배운 붉은 손바닥들이 덤덤하게 떨어지고 있다.

찬 계곡물을 건너느라 더 벌게진 열목어의 눈자위를 닮은 어린 것이 조모의 손을 잡고 철길 위에서 강냉이를 뜯고 있다.

이 도시는 늦여름마저도 막장처럼 서늘해서 사람들의 눈도 일찍 단풍이 든다.

새벽이면 중지가 나간 까만 손들이 빨랫줄에 널려서 고무장갑처럼 발갛게 마르고 있다.

멍으로 번지는 종소리

종은 스스로 울지 못한다 누가 때려주어야 운다 남의 슬픔을 먼저 보내고 그 슬픔에 섞여서 뒤늦게 운다 그래서 마지막 매김마디는 늘 가늘고 떨린다

정지문으로 새어나오는 엄마의 울음소리도 그랬을 것이다 식구들이 먹다 남긴 허드레 밥이나 비볐으니 이리저리 오려 붙인 불명(不明)의 옷만 걸쳤으니 울음도 남의 편에 섞어서 뜨물처럼 모르게 흘려보냈을 것이다

밤은 그곳으로 되돌아와 다시 누군가에게 멍으로 번지는 멀고 오래 우는 종소리

탑골공원

아코디언이 낡은 청춘의 시간을 불러낸다
참전용사 김 씨는 한 시간 전부터
돋보기로 한 자 한 자 짚어가면서
신문의 사설을 따라 읽는다
슬쩍 연정을 품었던 전쟁미망인은
중절모에 꿩털을 꽂은 퇴직 교장을 따라
오늘도 그린필드 모텔로 가는가 보다
내기 장기에 진 유가 놈은
연신 담뱃갑 우그러진 상을 하며
담배연기만 배롱나무 쪽으로 폴폴 날린다
오늘은 무료봉사 배식차도 쉬는 날
아침에 눈살 찌푸리던 며느리를 생각하면
김정일이보다 아들놈이 더 밉다
북한에 퍼줄 돈이 있으면
노령연금이나 올려주지!
고생이 뭔지도 모르는 젊은 것들이
턱, 턱 야당에 몰표나 주고

아, 이눔의 벚꽃은 왜 자꾸

눈앞에 얼쩡거리는 거야

오늘은 목구멍에 낀 가래도 딱 누워

종일 왼새끼를 꼰다

3,000원짜리 백반을 먹을까

1,500원짜리 라면을 먹을까

이리저리 생각이 많아지는 날이다

먼저 간 마누라 생각에 지팡이에 힘이 빠지는 날이다

그림자의 중심

앞 바지단추를 열고
전봇대에 자기 물그림자를 구불구불 새겨 넣고 있는 저
사내는
왼쪽으로 쓰러질 듯 쓰러질 듯 기울었다가 용케도 다시
오른쪽으로 천천히 천천히 올라온다.

전봇대가 그의 혈육이나 되는 듯
한번 느리게 올려다 본 후
쫙, 째려본 후
씩, 웃으면서
톡톡 등을 두드려준다.

비틀비틀
비틀비틀

전봇대의 그림자 중심으로부터 차츰 멀어지는 언덕쯤에서
사내는 점점 왼쪽으로 왼쪽으로 다시 기울어지더니

기울어지더니 그만 땅에 오리나무 나뭇잎처럼 납작하게
붙어버린다.

지는 동백을 보며

내 생(生)의 미등에 빨간불 켜졌다

손톱을 깎아야겠다
수염을 밀어야겠다

얼어붙었던 하늘에 다시 별자리를 잇고
양떼구름을 풀어 염장이를 수소문해야겠다

아직 발이 나지 않은 뿌리에게 싱싱한 단백질을 선물하
리라
한때 연적(戀敵)이었던 그대에게 더 이상 사과를 늦추지
는 않으리

한세상 살면서
인간이 차려놓은 밥상이란
늘 한두 가지를 빠뜨려서 간이 맞지 않은 것

입맛을 잃듯 길을 잃어버린 생이었다고는 쓰지 않으리
한 계단쯤은 더 내려가서 강물의 마지막 임종을 오래 지
켜보리라

그리고
밤이 오면
아무나 붙잡고 용서를 구하리라

겨울을 넘는 파뿌리

파뿌리의 양식은 한파
파뿌리의 식수원은 눈보라

파를 더 파득파득 독하게 하는 건

별도 없는 그믐밤
절벽으로 내달리고 싶은 고아의 심경

잡목들 가지가 사방에서 부러질 때
살고 싶다는 간절한 공포심

파뿌리가 파득파득
매운 독기를 뿜고 더 푸르게 번지는 건

물줄기를 찾아 반나절을 헤매도
번번이 뿌리를 배반하는 노동
하루하루 발목을 조여 오는

결빙의 오랏줄

지금 저 고요의 잔설(殘雪) 밑에서
푸르디푸른 광기들이
발끝에서부터 언 땅을 밀어 올리고 있다

뽑히지 않는 사랑

독에 메주가 가라앉듯
푹 삭아 떠오르지 않는 것

다리가 무거운 것이 아니라 심장이 무거운 것
밤이 낮으로 다시 밤낮으로 자꾸만 바뀌는 지구의 난폭
한 자전축

모든 물방울들 전깃줄에 매달려
터지기 직전의 노래를 입에 틀어막고 있는 것

속이 빈
눈밭의 무처럼
파랗게 견디는 것
너를 한 번 더 견뎌보는 것

살아가는 한파에서 벗어날 수 있다면 그건 사랑이 아니다

맨드라미의 포란(抱卵)

　맨드라미는 입 안 가득 새까만 알들 물고 있는데, 훨훨 눈 속에서 석 달 열흘을 얼었다 풀렸다 하면서 어린 새끼들 하나 둘 눈 틔우는데, 방울방울 부레를 달아주고 비늘과 수초와 물비린내까지도 꼭 물고 놓지 않는데

　후박나무 손톱 끝으로 발그레한 물소리 흐르는 날, 노랑태처럼 굳은 입 쩍 벌려 수많은 새끼맨드라미들 3월의 숲으로 돌려보내는데

　마지막 새끼마저 구릉을 다 헤엄쳐 건넌 후에야 툭, 목을 꺾는데

풍(風)

신호등이 파란불로 바뀌었는데도
신발은 날아오르지 못한다.
말년의 바람은 지팡이로 횡단보도를
낡은 타악기의 스틱처럼 힘없이 두어 번 두들겨보는 일

차도와 인도 사이를
빠르게 건너오는 타조의 붉은 발들을
조는 듯 무연히 바라보다
엉거주춤한 생각에 빠진 무릎

한때
바람을 매단 저 발로 가문의 족보를 찢고
처처곳곳 자신의 혈 자리를 찾아
평생 바람의 변방을 떠돌았으나
남은 것은 몸속에 들어와 굳게 잠겨버린 바람
흰색형광선이 마지막 금계포란형이라도 되는 양
날개를 부채처럼 겨드랑이에 접은 채

녹색등을 오래 배웅하고 있다.

두 눈이 왼쪽으로 쓰러졌다가 멀리 날아갔다가
느리게 붉은 구름 속으로 사라진다.

그 남자

일출보다는 일몰의 시간에 기대어 씨 뿌리듯 허리를 숙이는 사람

코끼리의 귀와 여치의 입을 이식하고 싶은 사람

자작나무의 백색 상의와 비파나무의 푸른색 하의가 수련복인 사람

말에 잡내를 없애기 위해

늘 자신을 문책했던 사람

삶을 단 한 문장만으로 남기고 싶지만

그 뼛가루마저도 덧없어서 강물에 흩어지길 원하는 사람

살아서 아무도 사랑할 수 없었던 의심 많은 심장

그러나 다음에도 이 세상에는 다시 귀환하고 싶지 않은
사람

그가 죽는 날 첫눈이나 왔으면

그 눈밭에서 오소리와 너구리가 우연히 만나서 세기의
연애담이나 남겼으면 하고, 가끔 상상해보는 사람

해설 · 시인의 말

상생과 포월(包越)의 '삶의 연대기'

정우영 시인

1.

첫 시집『지붕의 등뼈』(2011)에서 박승민의 시들은 주로 '슬픔'에 젖어 있는 걸로 보인다. 평론가 고봉준도 시집 해설에서 이렇게 쓴다. "'슬픔'이 박승민 시를 느리게 관통하고 있다. 슬픔의 정서와 슬픔의 언어가, 고단한 삶의 슬픔과 상실의 비애가 그의 시를 휘감고 있다. 그래서일까? 시인의 시선을 통해서 드러나는 타자의 삶 또한 무방비로 슬픔에 노출되어 있다"라고. 적절한 지적이라 여긴다.

그는 첫 시집에서 왜 이처럼 온통 슬픔에 젖어 있었던 것일까. 그의 시,「역류성 식도염」에 그 연유가 드러나 있다. "혼자서 밥 먹는데/울컥, 무언가 목구멍을" 친다. 무엇인가, 이것은. "아직 다 삭이지 못해/마늘 싹처럼 자꾸 올라"오는 "저 슬픔들"이다. "너는 가고/나는 살아" 어찌할 수 없이 터져 나오는 부정(父情)의 참담한 슬픔이다.

나는 바로 이 참담한 슬픔이 그의 첫 시집에 실린 거의 모든 시에 영

125

향력을 미친다고 생각한다. 설령, 그가 즐거움이나 기쁨 쪽으로 시심을 옮기려 시도한다고 하더라도 이 애조의 정서는 가시지 않았을 것이다. 자식 잃은 상실감과 별리의 통절함은 그만큼 크고 세계 사람들을 비애(悲哀) 쪽으로 몰아붙인다. 아마도 그는 상당히 오랫동안 이 착잡한 절망적 슬픔에 결박당한 채 세상과 만났을 것이다. 그러니 타자와 정서적으로 교감할 때조차 이 도저한 슬픔은 철철 넘쳐흐를 수밖에 없지 않았을까.

그런데 문제는, 이와 같이 '도저한 슬픔이 철철 넘쳐흐를' 경우에 시는 제 감성을 주체하기 쉽지 않다는 점이다. 언어와 감성이 적절하게 균형을 맞추기 어려우므로 시가 감상성(感傷性)이라는 함정에 빠질 가능성도 그에 따라 높아지게 마련이다. 첫 시집에서 박승민이 지나치다 싶게 슬픔에 기울어지는 바람에 '가족의 등뼈는 부성이 아니라 모성'이라는 주목할 만한 발견도 이에 묻혔다. 동시에 그가 애정을 가지고 써가는 소외된 삶의 당당한 그늘 같은 덕목들도 숨어버렸다. 가슴에 아이를 묻은 자로서 이는 어쩌면 당연한 노정(露呈)이겠다 싶으면서도 적잖이 안타까운 부분이 아닐 수 없다.

슬픔이 우리를 끌고 가는 것 같지만 삶에 어찌 슬픔만 가득할 것인가. 첫 시집을 닫으며 나는, 이후에 그가 우리 삶의 곡진한 세목에 눈과 귀를 더 기울여주기를 바랐다. 슬픔을 버리라는 게 아니라, 삶의 자잘한 애환들 속에 슬픔도 따라 섞여 스미어들었으면 하는 희원을 품은 것이다.

2.
자, 이번에 박승민이 펴내는 두 번째 시집은 어떨까. 맨 처음 스치는 생각은 이것이었다. 내 바람대로 그는 슬픔을 녹여내었을까, 아니면 여전히 슬픔이 강세일까. 그는 단박에 대답했다. 슬픔을 말리고 있다고. 시집의 표제작 「슬픔을 말리다」에서 그는 자기 슬픔의 변모를 이렇게 내어보인다.

이 체제下에서는 모두가 난민이다. 진도 수심에 거꾸로 박힌 무덤들을 보면 영해조차 거대한 유골안치소 같다. 숲 속에다가 슬픔을 말릴 1인용 건초창고라도 지어야 한다. 갈참나무나 노간주 사이에 통성기도라도 할 나무 예배당을 찾아봐야겠다. 神마저도 무한 기도는 허락하지만 인간에게 두 발만을 주셨다. 한 발씩만 걸어오라고, 그렇게 천천히 걸어오는 동안 싸움을 말리듯 자신을 말리라고 눈물을 말리라고 두 걸음 이상은 허락하지 않으셨다. "말리다"와 "말리다" 사이에서 혼자 울어도 외롭지 않을 방을 한 평쯤 넓혀야 한다. 神은 질문만 허락하시고 끝내 답은 주지 않으신다. 대신에 풍경 하나만을 길 위에 펼쳐놓을 뿐이다.

마을영감님이 한 짐 가득 생을 지고 팔에서 막 빠져나온 뼈 같은 지팡이를 짚고 비탈을 내려가신다. 지팡이가 배의 이물처럼 하늘 위로 솟았다가 다시 땅으로 꺼지기를 반복하는 저 단선의 봉분. 짐만 몇 번씩 길 밖으로 사라졌다가 다시 길 안으로 돌아와서는 간신히 몸이 된다. 짐이 몸으로 발효하는 사이가 칠순이다. "말리다"에서 "말리다"驛까지 가는데 수없이 내다 버린 필생의 가필이 있었던 것이다.
　　　　　　　　　　　　　　　　　　　　　　　_「슬픔을 말리다」 전문

이 시에서 보이는 것처럼 그는 이제 스스로 슬픔을 말리려 하고 있으며 누군가의 슬픔도 말리고자 한다. 이때 주목해야 할 포인트는 단연 '말리다'라는 낱말이다. 알다시피 '말리다'에는 '물이나 물기가 다 날아가 없어지게 하다'와 '하지 못하도록 막다'의 두 가지 뜻이 있다. 그는 여기서 이 '말리다'를 아주 적절하게 활용한다. '말리다'의 뜻 둘 다를 다 써서 슬픔에 대응하는데 그게 참 절묘하다. 그는 나와 너의 젖은 슬픔도 '말리고' 동시에 그 슬픔에 빠져드는 누군가도 '막아서려' 하는 것이다. 여기서 관심 가질 부분은, 그가 슬픔을 '말리고자' 하는 의지를 보이며 이에 개입하려 하고 있다는 점이다. 물론, 슬픔을 다치게 해서는 안 되는 까닭에 그 개입은 조심스럽다. "혼자 울어도 외롭지 않을 방을 한 평쯤 넓"히는 정도에서 머문다. 그러나 이는 엄청난 변화이다. 첫 시집에서 읽히는 그의 슬픔은 그 어떤 개입이나 나눔을 허락하지 않을 만큼 견고하게 닫혀 있었던 것이다.

왜일까. 무엇이 그를 이와 같은 능동적인 인간으로 바꾸었을까. 나는 "진도 수심에 거꾸로 박힌 무덤들"로 표상되는 세월호 참사라고 본다. 도저히 있을 수 없는 저 숨 막히는 떼죽음들을 접하며 그는 "영해조차 거대한 유골안치소 같"다고 자각한다. 그리고 이 자각은 다시 "이 체제下에서는 모두가 난민이다"라는 인식의 변곡점을 이끌어낸다. 이 난민 의식을 공유하는 순간, 이제부터 그는 더 이상 개인이 아니다.

이때 누군가는 난민을 구해 달라고 신을 찾아 통사정할지도 모른다. 하지만, "神은 질문만 허락하시고 끝내 답은 주지 않으신다". "무한 기도는 허락하지만" 그 기도에 대한 응답도 없다. 그러니 그는 무엇을 해야 할 것인가. "슬픔을 말릴 1인용 건초창고라도" 짓는 일이다. 그런데 문제는 "모두가 난민"인 "이 체제下에서" 1인용 건초창고라는 게 가능할 것인가 하는 점이다. 칠십 평생 마을 바깥을 벗어나 보지도 않은 마을영감님이라고 해도 이 난민 지위를 벗을 수는 없는 터에 이는 너무 소극적인 대처 방안 아닐까.

그러므로 난민을 벗기 위해서는 그보다 먼저 체제를 지워야 한다. 삶을 온통 난민으로 만들어버리는 이 체제를 벗지 못하면 그의 저 도저한 슬픔도 배가될 것이다. 문제는 이 '체제'라는 것의 성격이다. 우선은 우리의 삶을 찍어 누르는, 부조리한 정권하의 사회체제를 떠올릴 수 있을 것이다. 하지만 그렇게 해석하고 넘어가자니 보다 직접적인 대상으로서 정권의 실체가 이 시집에는 거의 드러나 보이지 않는다. 좁은 반경으로서의 체제가 아닌 것이다. 그래서 나는 그가 말하는 '체제'를 더 넓게 펼쳐, 이를 '역(逆)으로서의 체제'라 부를까 한다. 순행을 거스르는 모든 거역의 움직임들이다. 그러므로 그가 맞서고자 하는 체제는 '순행하지 못하도록 막아서는 모든 거역의 움직임들'에 대해서이다.

그렇다면 '역으로서의' 이 무지막지한 체제를 넘어설 수 있는 방책은 도대체 무어란 말인가.

　　감나무 가지를 잡고 있는 조롱박의 손
　　힘줄이 파랗다

　　쉰을 넘는다는 건
　　허공으로 난 사다리를 오르는 일

　　지상의 낯익은 온기들과 멀어져
　　바람과 구름의 낯선 사원을 지나
　　자기만의 별자리를 찾아 1인극 하듯 가는 것

진짜 우는 배우처럼 그 역(役)을 사는 것

흔들려도
잡아줄 손이 더 이상 옆에 없다는 사실

아득한 꼭대기에서부터
누군가의 발이 후들거리는지
밤부터 울고 있는지
어깨까지 내려오는
저릿한 통증

조롱박의 왼손이 감나무사다리를 잡고
장천(長天)의 푸른 밤을 혼자 넘고 있다

_「감나무사다리」 전문

　사람이 "쉰을 넘는다는 건/허공으로 난 사다리를 오르는 일"이다.
"지상의 낯익은 온기들과 멀어져/바람과 구름의 낯선 사원을 지나/자
기만의 별자리를 찾아 1인극 하듯 가는 것"이며 "진짜 우는 배우처럼 그
역(役)을 사는 것"이다. "흔들려도" "잡아줄 손이 더 이상 옆에 없다는 사
실"을 깨우치며 말이다. 아하, 그런데 감나무와 조롱박은 어떤가. "감나
무 가지를 잡고 있는 조롱박의 손/힘줄이 파랗다." 혼자가 아니라서 그
런지 조롱박의 손은 힘줄이 파랗게 기운차다. 조롱박은 또한 "아득한
꼭대기에서부터/누군가의 발이 후들거리는지/밤부터 울고 있는지/어
깨까지 내려오는" 감나무의 저 "저릿한 통증"을 함께 견디며 아파한다.

둘이되 하나인 채로 고통을 나누는 것이다. 그렇다고 해서 조롱박이 감나무에 종속되는 것은 물론 아니다. 왼손으로만 "감나무사다리를 잡고/장천(長天)의 푸른 밤을 혼자 넘"고 있다. 감나무에 의지하지만 그는 독자적이다. 삶을 나눈다고 하여 자주성까지 잃어버려서는 안 됨을 깨닫고 있는 것이다.

「밭이 아프다」에서도 삶의 이 연대는 생생하다. 사물과 사람의 어우러짐이 사람과 사람의 정보다도 깊다.

숨이 오르막에 닿을 듯
명아주 지팡이가 근들근들
해뜨기 전에 언덕을 올라와서
돌밭에 쪼그려 한나절을 나던 파란 함석집 할머니

병이 나서 옆집 창창한 일흔 먹은 아재한테 땅을 부치라 했다 한다
다시는 밭에 오지 못할 거라고 마을사람들의 얼굴이 오동 그늘이다

사람이 맥을 놓으니 땅도 시름에 빠진다
채로 거른 듯 갈아놓은 흙들이 버석버석 낯가림을 하고 있다
군데군데 심어놓은 쪽파들이 허리가 돌아간 채 여름 해를 넘고 있다

밭이 누웠으니 할머니의 병세가 더 급해진다

_「밭이 아프다」 전문

밭은 요물이다. 사람 손길과 맘길을 기막히게 알아챈다. 사람 발길

더디면 온갖 잡풀들 끌어들여 분탕질을 해놓는다. "숨이 오르막에 닿을 듯/명아주 지팡이가 근들근들/해뜨기 전에 언덕을 올라와서/돌밭에 쪼그려 한나절을 나던" 파란 함석집 할머니 같은 분을 밭은 반긴다. 이런 사람들에게 밭은 기꺼이 기름진 땅심도 허락하여 넉넉한 소출을 내어주기도 한다. 그러다가 덜컥, "사람이 맥을 놓으"면 "땅도 시름에 빠"지며 "흙들"도 덩달아 "버석버석 낯가림을" 한다. 왜 아니겠는가. 할머니와 밭은 평생의 도반 아닌가. 생기와 의욕 잃는 건 당연하다. 어찌 밭뿐일까. "군데군데 심어 놓은 쪽파들"도 "허리가 돌아간 채 여름 해를 넘"긴다. 그런데 문제는, 밭과 교감하고 있는 할머니이다. "밭이 누웠으니 할머니의 병세가 더 급해"지는 것이다. 동병상련의 포월적(包越的) 삶의 연대가 참으로 안타깝지만 또 어쩌겠는가. 이런 게 자연의 이치이기도 한 것을.

그러나 중요한 건 밭과 파란 함석집 할머니의 이 같은 포월적 삶의 연대가 저문다 해도 이게 끝은 아니라는 점이다. 자연의 순환은 이어져 밭은 "옆집 창창한 일흔 먹은 아재"와 함께 또 다른 포월적 상생기를 엮어갈 것이다. 바로 이런 순환이 땅과 민중의 참다운 연대기가 아닐까 싶다.

나는 이 지점을 소홀히 봐서는 안 된다고 여긴다. 이와 같은 상생의 연대기라면 체제가 간섭할 틈이 거의 없다고 봐야 한다. 이쯤이라면 난민 의식은 그저 접어두어도 좋지 않을까.

그런데 박승민은 여기에 모성의 포란을 더한다. 첫 시집에서 '지붕의 등뼈'인 모성을 발견한 그는 맨드라미에서 포란을 발견하고 포월적 상생의 미래를 열어두는 것이다.

맨드라미는 입 안 가득 새까만 알들 물고 있는데, 훨훨 눈 속에서 석 달 열
흘을 얼었다 풀렸다 하면서 어린 새끼들 하나 둘 눈 틔우는데, 방울방울 부
레를 달아주고 비늘과 수초와 물비린내까지도 꼭 물고 놓지 않는데

후박나무 손톱 끝으로 발그레한 물소리 흐르는 날, 노랑태처럼 굳은 입
쩍 벌려 수많은 새끼맨드라미들 3월의 숲으로 돌려보내는데

마지막 새끼마저 구릉을 다 헤엄쳐 건넌 후에야 툭, 목을 꺾는데
                                    ｢맨드라미의 포란(抱卵)｣ 전문

식물도 자식에게는 이처럼 애틋하다. 맨드라미에서 발견하는 모성
은 참으로 눈물겹다. 세상의 모든 어미는 이렇듯 처절한가. "입 안 가
득 새까만 알들 물고" "훨훨 눈 속에서 석 달 열흘을 얼었다 풀렸다 하면
서 어린 새끼들 하나 둘 눈 틔"운 다음, "방울방울 부레를 달아주고 비늘
과 수초와 물비린내까지도 꼭 물고 놓지 않는" 어미가 안쓰럽다. 그 동
안 저 어미는 아마 먹지도 자지도 않을 것이다. 그러니 "수많은 새끼맨
드라미들 3월의 숲으로 돌려보내"고 난 뒤, 목 꺾일 수밖에. 맨드라미의
포란과 떠나보냄이 동물들의 그것 못지않다. 어쩌면 인간의 자식 사랑
보다도 나을 것 같다. "마지막 새끼마저 구릉을 다 헤엄쳐 건넌 후에야
툭, 목을 꺾는데"로 시가 끝날 때 참았던 눈물 한 방울 툭, 떨어진다. 이
는 요즘 내게 좀체 일어나지 않은 감정이입인데 어쩐지 낯설고 설렌다.
다른 사람들도 그러하지 않을까. 세심한 관찰과 정서적 유대를 통해 발
견한 그의 시안(詩眼) 덕분에 모성 한 자락이 새로이 내게로 왔다. 자연
이 이뤄가는 생명의 경이는 이처럼 언제나 경외스럽다.

생명을 틔운 맨드라미 싹은 분명 저 포란의 의미를 몸에 새기고 있을 것이다. 자라나는 세대들은 저 모성의 포란을 핏줄에 익히며 생명을 이어갈 것이다. 계승적 포란이 드러내는 뜨거운 삶의 연대기가 여기 펼쳐진다.

이제 알겠는가. 생명 가진 것들이 얼마나 뜨겁게 서로 상생하며 체체를 넘어서는지. 포란과 포월의 연대 앞에서 난민이라는 지위는 섣부르다. 그러니 '순행하지 못하도록 막아서는 모든 거역의 움직임들'인 체제여, 허접함을 알고 선뜻 물러서야 하지 않을까. '풀'마저도 "3류 검투사"처럼 "칼날"을 겨누어 다시 들어 올리는데. "바람 속에서 흔들리던 자신의 푸른 거웃을 탱탱하게 겨누면서"(「풀」) 말이다.

3.

그러나 그가 아무리 말리려고 해도 그의 슬픔이 어찌 다 마르랴. 자식 먼저 보내는 것은 천형과도 같아서 그 슬픔이 뼛속에까지 저민다고 한다. 이는 도저히 어찌해 볼 도리가 없는 근원적인 슬픔이 아닐 수 없다. 그래서 나는 그가 굳이 자기 슬픔을 애써 말리고자 애달아하지 않기를 바란다. 이 슬픔은 그가 아이와 나누는 지속적인 삶의 대화이자, 기억의 연대이기도 하기 때문이다.

　　시집(詩集)을 강물로 돌려보낸다.

　　봉화군 명호면, 너와 자주 가던 가게에서 산
　　과자 몇 봉지 콜라 한 캔이 오늘의 제수용품(祭需用品)

오랜 바람에 시달린 노끈처럼

이 세월과 저 세월을,

간신히 잡고 있는 너의 손을,

이젠 놓아도 주고 싶지만

나는 살아 있어서

가끔은 죽어 있기도 해서

아주 추운 날은 죽은 자를 불러내기 좋은 날

"잘 지냈니?"

"넌 여전히 아홉 살이네!"

과묵했던 나의 버릇은 10년 전이나 마찬가지여서

다만 시를 찢은 종이에 과자를 싸서

강물 위로 90페이지째 흘려만 보내고 있다.

담배 향(香)이 빠르게 청량산 구름그늘 쪽으로 사라진다.

아무리 시가 허풍인 시대지만

그래도 1할쯤은 아빠의 맨살이 담겨 있지 않겠니?

이 나라는 곳곳이 울증이어서

네 곁이 편하겠다 싶기도 하고

히말라야나 그런 먼 나라의 산간오지에서나 살까, 궁리도 해봤지만 아직 너를 빠져나오지 못하고 있다.

그래서 작년처럼 너의 물 운동장을 구경만 한다.

손가락 사이로 자꾸만 빠져나가는 뜨거운 살들이 얼음 밑으로 하굣길의 아이들처럼 발랄하게 흘러만 간다.

_「12월의 의식(儀式)」 전문

　　그가 "오늘의 제수용품(祭需用品)"인 "봉화군 명호면, 너와 자주 가던 가게에서 산/과자 몇 봉지 콜라 한 캔" 들고 찾은 명호강. 아이의 뼛가루를 물에 띄운 그곳에서 그는 아들 같은 자기 분신인 "시집(詩集)을 강물로 돌려보"낸다. "오랜 바람에 시달린 노끈처럼/이 세월과 저 세월을,/간신히 잡고 있는 너의 손을,/이젠 놓아도 주고 싶지만" "나는 살아 있어서/가끔은 죽어 있기도 해서" 너를 보내줄 수가 없다. 그래서 찾은 "아주 추운 날은 죽은 자를 불러내기 좋은 날". 하지만 그가 할 수 있는 말이라곤, "잘 지냈니?" "넌 여전히 아홉 살이네!" 같은 말뿐. "과묵했던 나의 버릇은 10년 전이나 마찬가지여서/다만 시를 찢은 종이에 과자를 싸서/강물 위로 90페이지째 흘려만 보내고 있다." 말로는 그렇지만, 저기 떠나가는 게 어찌 시 적힌 종이들만일 것인가. 별리의 통한이 함께 흘러가지 않겠는가.
　　그런데 참 다행스럽게도 그의 슬픔이 여기에 이르러 말갛다. 차갑고 참담한 슬픔이 아니라, "하굣길의 아이들처럼 발랄"함 같은 게 스며 있다. 아마도 "아빠의 맨살이 담겨 있"을 시집 찢어 보내는 제의(祭儀)를 통해 그는 스스로 슬픔의 지배에서 다소간 벗어나지 않았을까. 제의는

죽음을 삶으로 끌어들이지만, 죽음에 매몰되지는 않는다. 오히려 기억의 재편을 도우며 슬픔의 무게를 벗겨낸다. 기억을 소외시키면 우울에 빠지기 쉬우나 공존하게 될 경우, 주요한 삶의 에너지가 된다.

나는 박승민의 명호강이 그러한 공간이라 여긴다. 이 공간은 단순히 아이의 유골을 뿌린 데가 아니다. 아이와 함께 새로운 기억들이 생성되는 곳이자 삶과 죽음을 넘어서는 공존의 지대이다. 그러니 그의 슬픔도 말개질 수밖에. 그의 슬픔은 이제 그가 포월한 상생의 에너지로 가라앉아 갈 것이다. 슬픔이되 슬픔만이 아니라, 심저를 정화하는 시의 마음인 애이불비(哀而不悲), 애이불비로.

또 시가 올까?

오지 않아도 어쩔 수 없다는 생각

이 生이라는 허공의 그늘에 걸터앉아

조는 듯 귀를 열어놓고

결핍과 자긍 사이에서

다시 막연해지는 일

더 숙연해지는 일

이 또한 나쁘지 않다는 생각

내 외투의 내피는 허무의 허무 속 구름덩어리라니깐!

2016년 大寒 무렵

소백산 기슭에서 박승민

실천시선 239

슬픔을 말리다

2016년 1월 15일 1판 1쇄 찍음
2016년 1월 22일 1판 1쇄 펴냄

지은이   박승민
펴낸이   김남일
편집   박성아, 이승한
디자인   김현주
관리·영업   김태일, 채경민

펴낸곳   (주)실천문학
등록   10-1221호(1995.10.26)
주소   서울특별시 마포구 월드컵로10길 48 501호(서교동, 동궁빌딩)
전화   322-2161~5
팩스   322-2166
홈페이지   www.silcheon.com

ⓒ 박승민, 2016

ISBN 978-89-392-2239-7 03810

이 도서는 국립중앙도서관 출판시도서목록(CIP)은
e-CIP홈페이지(http://www.nl.go.kr/ecip)와
국가자료공동목록시스템(http://www.nl.go.kr/
kolisnet)에서 이용하실 수 있습니다.
(CIP제어번호:CIP2016000528)